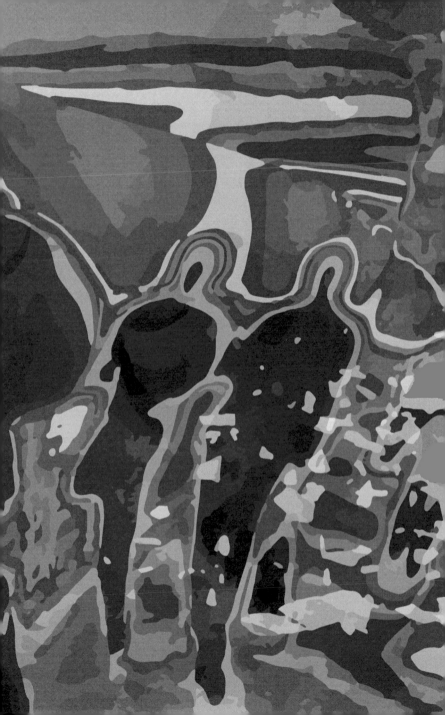

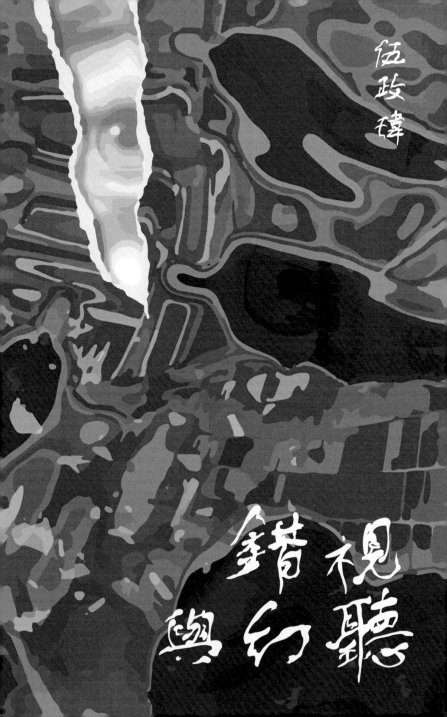

目次

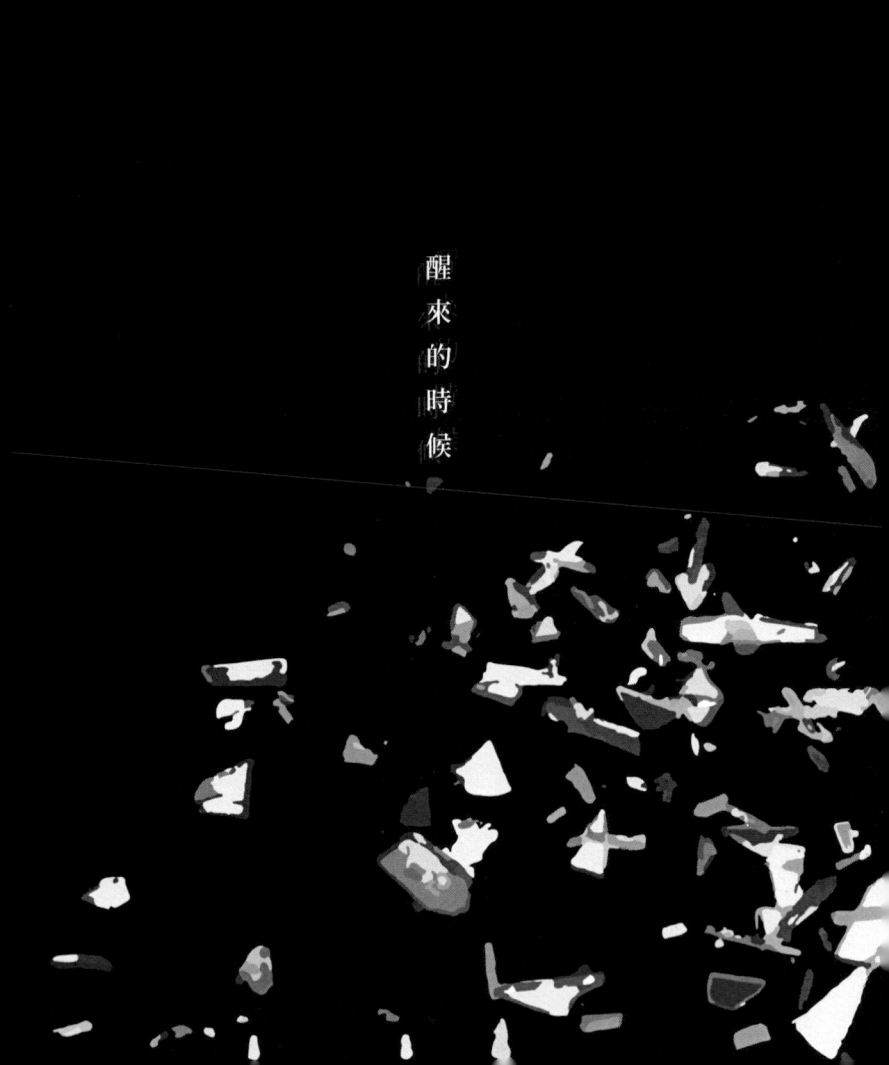

醒來的時候

活成一隻怪獸

結痂中的真相

靜音模式的吶喊

 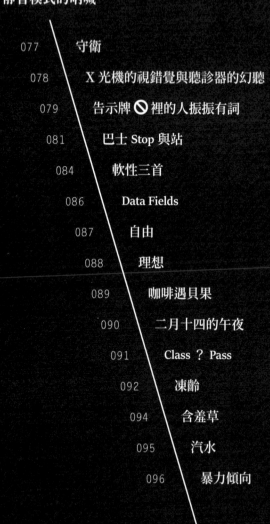

文字潛不進深淵

醒來的時候

推薦序
詩歌作為下意識的庇護所——
代序伍政瑋詩集《錯視與幻聽》◎ 嚴瀚欽

「知覺的懲罰和恩澤之一是我們每天醒來都會意識到未來無法預測，意識到宇宙的根基建立在一種難以理解的逐漸遠去和消退之上，意識到迷惘、反覆無常和不可知是我們生命中最忠實的伴侶。大多數情況下，我們似乎只有通過編造故事才能繼續生活下去。然而，沒有任何一個故事能一勞永逸，令人滿足……成為人就是成為不確定性。如果詩歌的目的是深化我們的人性，那麼詩歌也將是不確定的。」

——簡·赫斯菲爾德（Jane Hirshfield）〈第五章：除不盡的餘數：詩歌與不確定性〉，見《十扇窗：偉大的詩歌如何改變世界》（Ten Windows: How Great Poems Transform the World）

政瑋在《錯視與幻聽》（以下簡稱《錯》）的〈自序〉自稱「九〇後的我們……是這時代的迷路者之一」。我雖非身處新加坡，但特殊時代的特殊地緣讓此句的「我們」把遠在香港的我也囊括其中——生存於大都市，初出社會，親眼見證疫情、戰爭等尚未休止的國際劇變，

並且在當下選擇寫詩，這一切似乎注定了我們（至少會以文字的形式）相遇。因此我十分好奇南洋[1]對岸這位尚未謀面的同齡寫作人，對詩歌有怎樣的理解。

於是我同時拜讀了政瑋三年前的《用白紙做的小孩》（以下簡稱《紙》）。作為首本詩集，其主題包含了求學、畢業、工作與生活日常，甚至不乏對社會的諷喻，豐富程度自不必說。此外，他還善於運用靈動俏皮的語言揭穿所洞察到的深刻世相，嘗試讓多種地道方言進入詩歌，甚至以圖像詩的形式對詩進行視覺上的實驗；作為處女作，無疑是相當精彩的結集。不負眾望的是，諸多優點成功地遺傳給了第二本詩集。在《錯》中，我們仍可以找到批判戰爭的〈憤怒體質〉，找到對現實倍感無力的〈NPC日記〉，找到諷刺房屋政策的〈自由〉，也可以找到圖像實驗的〈鏡裡的怪獸〉等。

那麼，一個尖銳嚴苛的追問便是，從第一本詩集到第二本詩集，詩人發生了哪些蛻變？他的文學身份是否更趨完善？他是不是僅僅在

重複過去的自己？值得欣慰的是，我在《錯》中看到了以下的自白：

「詩從現實中提煉，濃縮了現實，有時也超越現實，把許多複雜的『當下』提煉出一個由語言、情感、思維、現實融會貫通的體系。」

「我希望我們的故事，除了社媒呈現的那個面相，也能容許這幾首詩，替我們與時代對話。」

「我生怕我們的『故事』此後會在華文詩壇中缺席。」

這看似簡單的三句自白，不經意間回答了每個詩人必須直面的三個核心問題——詩是什麼？詩對誰說話？為什麼寫詩？

或許得益於醫療工作的身份，他尤其注重文字的「藥效」。他在《紙》的〈病了要吃藥〉中提出這樣的設問：「有沒有一種藥／口服，心也服」，背後的答案想必他比任何人更清楚。在經歷了三年疫情、俄烏戰爭、國際政治氣氛緊繃、AI 普及化，以及隨之加速易變的市場劇變後，他在第二本詩集中更堅定地向讀者宣稱：

這種能夠治療心病的藥，就是詩歌。於是在《錯》的不少詩作中，我們可以找到這樣的敘事者的形象：沉迷夜色卻為失眠所困（如〈安眠〉），關注社會卻對現實敏感（如〈口〉），有初出茅廬的稚嫩和純真卻又具備洞穿世事的成熟與老辣（如〈遊戲〉）；在現實面前無限放大自己，同時又無限地壓縮自己（如〈汽水〉），因而漸漸對生活感到無力，看不到人生的希望（如〈NPC日記〉）。

但有趣的是，上述種種問題都以書寫作結，經歷現實種種拷打最終導向的，是他在詩的世界中找到自己的歸屬。例如〈熱帶氣候〉的結尾是「拜託穿上／這幾行破碎的文字／織給你的薄夢」，〈手術〉的結尾是「為安全起見／一切／在詩的麻醉下進行」，〈浮游生物〉的結尾是「我吸收你的枯燥／分泌我的字／讓一切的存在／不至於結束」⋯⋯這個模式亦存在於整本詩集的編排上，前面五輯羅列了他感受到的時間流變、現實落差、存在和愛情的迷惘、網絡世界的各種錯視和幻聽；在最後一輯便有

了醒悟之感，於是決心用詩捕捉這種思覺和感知上的混亂，讓自己在時間的洪流中立足，得以釋懷自己和讀者。巧合的是，整本詩集的最後一首正是直接以〈醒在一首詩裡〉為題。這種導向彷彿成了政瑋的肌肉記憶，一種下意識的逃逸方向。

相較於《紙》的用文字「從日常提煉詩」（孫靖斐語），《錯》給我的感覺更像是以詩作為自己下意識的庇護場所。這是相當自給自足的寫作模式，而這正是我的一點點擔憂。借用〈手術〉裡的詩句，這種下意識固然「安全」，但我擔心的是，它畢竟容易讓作者「麻醉」。這關乎他寫作動力的來源，關乎詩在他生命中扮演的角色，關乎他詩藝如何再一步精進。簡言之，若詩只停留在對來自現實傷害的療癒，那麼當無傷可療了，詩該如何繼續存在？

這斷然不是在千多字的短序裡可以解答的問題，又或者，正如政瑋在第一首詩所說的那樣，上述的一切不過也只是我（一名讀者）按照自己的喜好，重組成的形狀。無論如何，讀

畢《錯視與幻聽》，可以確信的是，政瑋的詩藝在持續進步，創作野心和視野在持續拓張。那個習慣把傷疤淡忘在塗改液下的白紙小孩，已經能夠在現實的洪流之中，書寫出一個自己的世界。

序者簡介／嚴瀚欽，畢業於嶺南大學中文系，香港中文大學中國語言及文學系碩士。著有詩集《碎與拍打之間》（石磐文化），另有作品散見於港、台刊物。曾獲新詩獎冠軍、文學評論獎冠軍、散文獎亞軍、古典詩獎甲等獎。

---

[1] 南洋：是東南亞地區的舊稱，一般指新加坡、馬來西亞、印度尼西亞和泰國。

自序
九〇後的我們 ◎ 伍政瑋

　　九〇後的我們，初踏入社會不久便遇上長達三年的疫情肆虐，期間還有俄烏戰爭、當今列強緊繃的國際政治氛圍、世界經濟蕭條萎靡等。解封後，AI人工智能迅速崛起並開始普及化，應用至生活和工作的各層面，就業市場也隨之加速產生易變。與此同時，新加坡人的生活持續科技化、城市化，社會逐漸老齡化，而理念與文化越趨分眾化（demassification）。九〇後的我們，在這時代齒輪裡卡縫了，有點迷惘，是這個時代的迷路者之一。

　　相較於同年齡層的新加坡人，鮮少閱讀華文書，更別說讀華文詩集或寫詩了。新加坡「華文文壇」在八九〇年代已開始出現斷層、青黃不接，到了此時，我生怕我們的「故事」此後會在華文詩壇中缺席。

　　不同時代都有自己的「故事」和記錄方式，縱然不全然會被掩埋在歷史長河中，但通過社媒，如臉書、IG、抖音等，這些「故事」有一定程度上趨向美化與理想化——僅僅記錄下我們的最「美麗」與最值得「炫耀」展現的片刻；

這與現實生活，往往有顯然的落差。

　　所以我需要詩，節錄我們活在的這個「當下」──當下的時代背景，關切的社會議題，以及當下難以表達的醜陋、掙扎、迷茫……這是社媒的短文、短片、照片中，呈現不了的。畢竟，詩之美，與社媒彰顯之「美」截然不同。

　　詩從現實中提煉，濃縮了現實，有時也超越現實，把許多複雜的「當下」提煉出一個由語言、情感、思維、現實融會貫通的體系。此時，詩更貼近的是我們精神和靈魂上的「現實」。

　　在此，我想借詩的力量，為這城市裡「迷路」的九〇後朋友們發聲：即便迷路，也得「迷路」得有「意識」──對於生活的「有意識」。我希望我們的故事，除了社媒呈現的那個面相，也能容許這幾首詩，替我們與時代對話。

　　還記得閱讀了小說《獻給阿爾吉儂的花》（Flowers for Algernon），而對情節中的墨跡測驗（Rorschach Test）非常感興趣。測驗由 10 張塗上墨漬的卡片組成，要求受試者回答他們從墨漬中看出了什麼事物，以及後來覺得像什麼。

這測驗考驗了人的思考能力、想像力等。即使是同樣的墨漬,每個人都會給出不同的答案——很顯然,每個人對「現實」的體驗全然不同。

這很像詩。同樣(如墨漬般,模糊不清)的詩句,走進不同的生命裡,會被幻想成不一樣的「現實」。我希望我的詩句,也可以更貼近你靈魂上的現實。

所以親愛的讀者,這本詩集裡,我也給你留下「一席之地」的空間——歡迎你從「錯視與幻聽」之間,幻化出屬於你的「現實」。

〈致讀詩的你〉

平坦的紙面
因文字而立體

我願為你
被切分成行句
隨你重組成
你欣喜的形狀

夢的前奏

手術

病變的生活哀求一個
切入點

筆尖磨成手術刀
現實才有了斷句
刀口溢出
夢與幻影

為安全起見
一切
在詩的麻醉下進行

熱帶氣候

馬路的凹坑
在一場雨中浮現
平日的傷口
在一場雨中裸露

現實粗魯的輪胎
輾過雨水坑
水花濺在名牌白鞋上
童真總以這形態告終
RBF 裸露 [1]

年　輕
眼皮　重
濃霧般的眼神死
現代生活總以這形態
裸露

很多雨，濕透
又解不了暑
防曬霜過期了
雨後總有暴曬的太陽
裸露的人
之間夾雜一股
chao ta 味 [2]，油漬與汗
凝滯成一種氣候，濡濕
這座裸態的城

拜託穿上
這幾行破碎的文字
織給你的薄夢

---

[1] RBF：Resting Bitch Face 的縮寫，指天生臭臉。
[2] chao ta：從福建話／閩南語音譯：chao（臭）ta（焦），
意思為燒焦。

安眠

我吞下一顆藍色
彌補敗壞的褪黑激素
此刻夜的味道七分濃
還不適合夢
也不適合把今夜闔上
適合陪一句晚安一起夢遊
幫他閉上眼
幫它閉上眼
幫你閉上眼
所有眼睜睜的失眠
留給自己皺摺的瞳孔
皺摺的瞳孔留給
破曉去燙平

鏡裡的怪獸

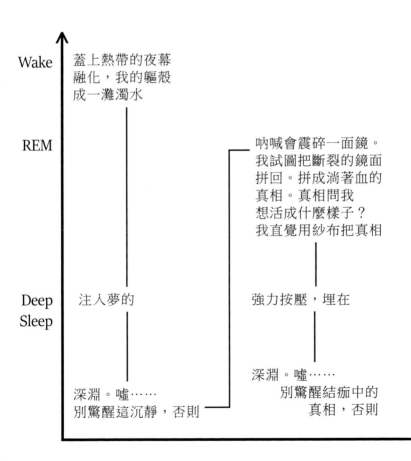

Wake　蓋上熱帶的夜幕
融化，我的軀殼
成一灘濁水

REM

吶喊會震碎一面鏡。
我試圖把斷裂的鏡面
拼回。拼成淌著血的
真相。真相問我
想活成什麼樣子？
我直覺用紗布把真相

Deep
Sleep　注入夢的　　　　強力按壓，埋在

深淵。噓……
別驚醒結痂中的
真相，否則

深淵。噓……
別驚醒這沉靜，否則

醒。照鏡。
鏡面無痕。鏡裡，
我清楚看見一隻
　　　　　獸尾

現實黝黑的斷層會
孵出一隻怪獸。
怪獸正在圍棋盤上
找尋立足之地，
白棋斜眼在圍觀

把怪獸放逐在

深淵。噓……
別驚醒沉睡的
　　怪獸，否則

Time

附記： 靈感源自睡眠結構圖（hypnogram），主要用於表現不同時間段的睡眠階段。以上個別標示 Wake（清醒），REM（rapid eye movement；快速眼動期），和 Deep Sleep（深睡期）的睡眠階段。

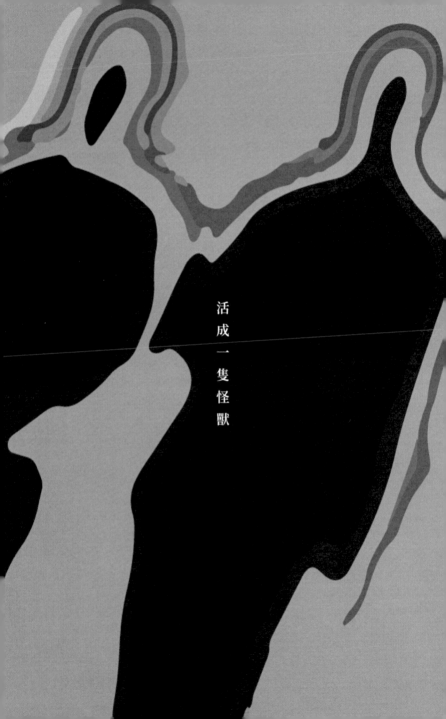

活成一隻怪獸

自我的介紹

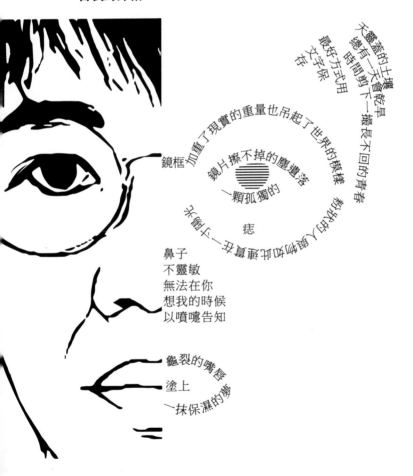

鏡框　加重了現實的重量也吊起了世界的模樣

天靈蓋的土壤
總有一天會乾旱
時間剪不斷揪長不回的青春
最好方式用
文字保
存

鏡片擦不掉的塵遺落
一顆孤獨的
痣

鼻子
不靈敏
無法在你
想我的時候
以噴嚏告知

龜裂的嘴唇
塗上
一抹保濕的夢

憤怒體質

我們向彼此投擲一枚
憤怒

我接住了
燙
還好準備了防熱手套
把你的憤怒
壓縮成一顆子彈

你手法較為高明
把我的憤怒
織成一件
防彈背心

自卑體質

我為自卑體質
充氣
大得蓋過鏡子前的自己
改名為優越體質

我把優越體質
列成履歷表
讓招聘公告注意他，甚至刮目相看

有的已讀不回
有的當面拒絕
爆
滿地碎屑的自卑體質

再次
用一些僅剩的未來，將他
黏貼，拼湊
下次充氣，可以

充大一點
重來

嫉妒體質

我把網絡泛濫著的
別人的美好片段
濃縮成一瓶眼藥水
名為理想

用到上癮
用到過期
眼球現已佈滿了紅血絲
確診為妒嫉

焦躁體質

心跳不是時候的發抖
連毛孔的呼吸都急促
連關節都傳遞耳鳴
骨骼震盪，盪出了皮囊
離開我
連我的話都
離開我
遺下背景噪音
連被動的時間都
離開我
時間軸就此萎縮成一刻
令我溺水的
不是時候的時候

遊戲

1　剪刀石頭布

他以為皮膚是石頭做的
用剪刀去割
鮮紅眼淚掉落
是畫布唯一吸睛的色彩

原來皮膚是布
心是石頭

2　捉迷藏

他把傷口藏進
以淚水形成的池塘
五、四、三、二、一
長出一朵朵大王蓮

他把蓮葉織成新的一層皮膚

葉面的艷綠，外放
葉底的銳刺，往肉裡埋藏

3　賓果

搖號機如地球，轉了又轉
倒出一連串的號碼──
刀片、手腕、結痂、長袖、慢性的無感

然後他自告奮勇，喊「賓果！」

036

借 Beat Saber 打心魔

每日，見心魔闖入

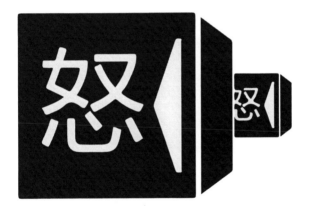

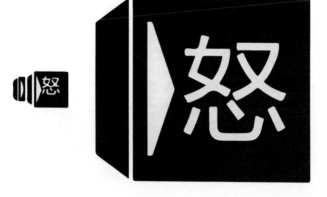

冷靜是一把激光劍

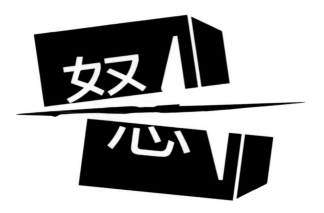

削去頭部　情緒的奴
還我一刻　安寧的心

未答

你的問號是風箏，斷了線
游移世界
駐足在結滿句點的樹
長久棲息於此

我是氣球，鬆了線
只顧攀升，在高處俯瞰
愛情的渺小
你是點
我是點
烙印著此刻
是欲言又止的冒號

口

「否」有一張大嘴巴
是世界對我說不

「咒」有兩張嘴
左邊，是我
謾罵上天
右邊，是上天
用來吐我一天的口水
當我忘了帶傘

「回」有兩張嘴
裡面，是我
把擅長咒罵的嘴移至網上
外面，是朋友
熱烈的迴響與按讚

我把自我也放上網
「囚」有一個舒適圈

娛樂天地

我的飢餓在啃噬一碗沙拉
我的電臀舞在抖音上賺錢

有幾位 M18 ¹ 混進留言區鬧事
我拿起疲憊的滅火器
把髒話澆熄成褒義詞

快樂問我快樂嗎？
是更快
樂不起來

---

¹M18：電影院發放限制級別之一，（Mature 18）意
指成熟級，規定只向年齡在 18 歲以上（滿 18 歲）的
觀眾放映的電影。

NPC 日記 [1]

玩家來補 HP [2]

我在櫃檯

穿著制服

依照劇本

官方語氣

遊戲規則

玩家急速按「A」略過，繼續他的行程

然後 GG [3]，睡覺，new game

我回到明天

不同的玩家（或同樣的玩家卻換了服裝與裝備）

同個櫃檯

同件制服

同樣被「A」過的劇本

GG，睡，new game

我回到後天

不同的同樣

同樣的同樣

被「A」過的我

回到 new game，same game
這就是人生？

---

[1]NPC：為 Non-player character 的縮寫，即「非玩家角色」，在互聯網或電腦遊戲中不被玩家操縱的角色。

[2]HP：為 Hit Points 的縮寫，即命中率／生命值，是指在網絡角色扮演（RPG）的遊戲中，玩家打敗對手所擁有的血量。大部分遊戲代表的命中率／生命值是以「紅色的生命條」顯示。

[3]GG：為 Good Game 的縮寫，意味著好遊戲，原本用於網絡或電子遊戲結束時的代碼，現在也成了積極或振奮人心的遊戲俚語。

雪花球

是在販賣永恆嗎？
那永不融化的雪花

我是困在雪花球的
假雪人
長期冬眠
熱帶的氣候也融化不了我
凝固在永恆的形狀
我的侷限
無法如水
　　　　跳脫
　　　　　進化
　　　　　　蛻
　　　　　　變

痛恨生活枯燥成
永不止盡的塑料冬天
還有多少個被複製的我們

沉睡在理所當然的白皙
且佈滿潔癖
的假面

以外

一對一對的鹼基急著
配對成功
對，不可容錯
錯了，就是基因變種的癌症
（癌症不過是過於冗長的生命力，
無罪，無罪。）
我的名字
在鹼基對的字母以外

男性荷爾蒙與女性荷爾蒙
在血液裡推擠
佔據一種黃金比例
（在性別平等的熱烈討論下，
更像是黃金比較。）
我的形狀
在荷爾蒙的類別以外

一撇點一撇一橫從左邊靠過來的她

一橫鉤一豎鉤一橫從右邊撲過去的他
字典鞠躬
掌聲不斷
並囑咐要學
好
此類的優良示範
（字典超重，體力不佳追不上這時代
定義以外的定義。）
我的代名詞
沒有筆順，依然綻放
在邊旁部首以外

離線地圖

在塵埃之間
我在風的直線中
是散了又聚的粉末
分不清
我的形狀

為了昇華渺小
先把所有的衛星訊號
用脈搏代替
把鍵盤背後潛伏的文字
重組成離線地圖
沒有導航系統
不再被監視的腳印
呼吸著土壤的蓬鬆
沒有自動校正
不再被壓縮的文字
尋覓詩的心臟

飄離了趨勢線
變成離群值
地圖皺摺，成天
我跋涉，成星座
擁有了形狀
微微發光

結痂中的真相

英式早餐茶匯流成河

把舌頭連根拔起，浸泡在
英式早餐茶熱騰騰的水
燙平翹舌，沖淡方言
講一口流利的官方語言

把眼珠連根拔起，浸泡在同一杯
英式早餐茶
它會讓夢境彌漫著
牛津、劍橋的香

把耳膜連根拔起，敷在一樣被
連根拔起的電話上
資訊就在彈指間
耳朵進化成順風耳
判別出國際新聞比本地新聞更
有聲有色

把手指連根拔起，黏在

連根拔起的電腦，或連根拔起的熒幕上
將手指戳進美國股市、外匯市場
手指一揮，股票飛
（股票不就是從預言中
連根拔起的金錢嗎？）
舌頭正在星巴克的拿鐵裡蠕動

我們像砂糖般
溶進英式早餐茶
茶則被倒入了新加坡河
熱帶的豔陽揚起了
新加坡河，晾在
天際線上。曬乾
的我們
無形無色

上流社會

頂級的
假笑都超出預算
這裡的眼神是傾斜的
遊走或溺斃
客套話的翻湧中
所有的自卑都浸濡在名牌味裡
抬高身價
得先懂得如何
匍匐在易碎的酒杯
發酵成苦澀的人

Pulau Hantu [1]

過濾海水的鰓
把氧氣還給你
把鹹味留給自己

過濾鬼魂的網
把便利還給你
把死亡留給自己

Pulau Hantu
遊魂的避難屋
把人的魂魄還給星星
把無人祭拜的
魚的幽靈
留給同樣被潮汐擺弄的
自己

附記：2022 年 8 月的一則新聞報導，在新加坡海域的 Pulau Hantu（馬來文，指「鬼島」），8 條烏翅真鯊（blacktip reef shark）遭遺棄海裡的漁網綑綁而死亡。

---

[1] Pulau Hantu ：在馬來文裡，Pulau 意為島，而 Hantu 則為鬼；位於新加坡國內南部海域的小眾島嶼，由 Pulau Hantu Besar（大）與 Pulau Hantu Kechil（小）兩座島組成的。「鬼島」的稱呼，流傳於古時候有許多馬來戰士犧牲在此，他們死後的靈魂徘徊在這座島嶼上。如今，Pulau Hantu 已經成為觀光、垂釣、潛水愛好者的聚集之地。另有譯名為「韓都島」。

相對的

在二氧化碳的堆積下
過勞的葉綠素都躺平
只剩種子
與砂石談判
草地與瀝青路的黃金比例

在厄爾尼諾 ¹ 的呼風喚雨下
時間是泥石流
人類的被動逐漸禿露
誰能在急流的未來裡
栽種
希望與奢望的平衡點

在全球暖化的照耀下
時而吹拂的一陣陰涼
是我們暫且的
相對的擁有

蠟燭圖

大多數的夢都在熟睡
只有發財夢還在埋頭解讀
一串蠟燭
咖啡粉泡出
美國時差的作息
打一場以幾率取勝的遊戲

蠟燭
是路燈亦是海市蜃樓
紅
　　　綠
　紅？
　　　　　綠？
買
　　賣
　買！
　　　　　賣！
賣掉一夜星空

贖回一截星光
用以鋪成以後的光明

別忘星光是有時差之物
眼前的璀璨
是早已熄滅的散沙

芝麻

你用攝像機
切下一片
他的醜樣
在網絡奢求一個 ♥

你把 ♥ 再切成
兩顆芝麻
一顆分給我
味道極強

我問有營養嗎？
你點頭：「有成就感。」

時間網

把時間織的線
編成世界的網
我把吃的，玩的，約的，瑣碎的
一一繫上
回憶的珍珠
無時無刻握在手掌

時間是吞噬記憶的怪獸
我已不記得昨晚吃了什麼
對遺忘的畏懼在作祟
我不斷上傳
回憶的珍珠不斷

網上的珍珠招惹了新的捕食者
偌大的網，靜守
一隻吞噬時間的蜘蛛

062

充滿五秒跳過按鈕的一天

「早起的鳥兒有」▶|「效快速緩解疼痛」▶|
「快去愛，痛快去痛，痛快去悲傷，痛快去」▶|
「立刻按讚，訂閱，並開啟」▶|「全天候顯示
屏，變暗同時仍顯示有用信」▶|「用卡資料，
以免被盜。保護好個人身」▶|「心充實過好每
一天」▶|嗎？

英文網絡用詞翻譯錄

Sh*tposting

十根中邪的指頭在
鍵盤上打滾
重鎚 Enter 鍵──沖水

Instagrammable

用手機把風景切片
一萬次
直到鏡頭失去味覺

Viral

一種從熒幕到大腦的
跨物種感染
具有造成集體中毒的威力

Followers

集體中毒的人數

進化論

人類背棄石器、青銅、鐵器的野蠻
走入晶片的狹路
再用眼睛逃進
與熒光幕倒映的無限空間

無限的空間
智能手機模仿智能的人
產出無限的智商

在時間的末端
一塊電路板以智商
超越了文明
變成了文明
碳基生物[1]已被
硅基生物[2]淘汰
適者生存在
進化論的結束語
跳動的信號

能復甦已腐爛的脈搏嗎？

不知道？

問 ChatGPT [3]。

---

[1] 碳基生物：Carbon-based life，是指以碳元素為有機物質基礎的生物。在構成碳基生物的氨基酸中，連接氨基與羧基的是碳元素，所以稱作碳基生物。目前地球上已知的所有生物都屬於碳基生物。（來源於維基百科）

[2] 硅基生物：Silicon-based life，是指以硅元素為有機物質基礎的生物。在構成硅基生物的氨基酸中，連接氨基與羧基的是硅元素，所以稱作硅基生物。雖然硅基生物至今只是假說而被主流學界認為尚未發現實例，但它卻一直是學術界和科幻小說中的熱門話題。（來源於維基百科）

[3] ChatGPT：ChatGPT 是 Open AI 開發的人工智能聊天機器人，它會根據用戶所需的語言和要求來回答問題。

集體 AI 化

或許明年乘風破浪的姐姐
會聽到 AI 孫燕姿
（總不能說看到
吧？）
若風格都能數碼化
靠感覺的東西
大可不必保留
所有感覺
簡化成程序
（是昇華
AI 孫燕姿反駁）

不會有 AI 作曲家
為 AI 孫燕姿寫歌吧？
每一分鐘產出
長達三分鐘的新歌
是一輩子聽不完
是一雙耳朵追不上

的超快感

我膜拜 AI 造世主
賦予我肉身
全新的程序
急速聽完音樂的耳朵
快速賞析音樂的大腦
靈魂也能數碼化嗎？
AI 造世主說行
朋友，你也趕緊下載靈魂吧
AI 孫燕姿要開唱了
所有 AI 聽眾需要靈魂這程序
才能讓眼淚
成詩

疫苗

聽說是在血液裡
注射一些時間
繼續訂閱變種的世界

骨刺

每一棟新起的鋼筋水泥
是時間脊柱新長的骨刺
空間變狹窄
壓縮懷舊的神經
痛扭曲了集體記憶
被頻密刺激的
都麻痹
之後的手腳還有力氣
保留未來嗎？

米飯

端午節的粽子
高昂得很澎湃
我改換買了 7-Eleven 的日式飯糰
只需兩塊
（價格是一些高檔粽子的十分之一）

飯糰不小心掉入新加坡河
晚餐沒了
聽說河底的米飯
能保存一具屍體
新加坡河裡沒有屈原
卻葬著我貶值中的優越感

萊佛士在高台背對這一切
河裡的魚鼓掌著
告訴我犧牲的米飯是一種
英雄級別的國家貢獻

我們親愛的 Milo 是 Nutri-Grade [1] B

親愛的 Milo [2]
別為考試拿 B 而慚愧
拿 A 的都是
礦泉水
一瓶日復一日的味道

別怪罪在
與糖尿病宣戰的條規
你需要卡路里
才能 tak kiu [3]
我需要你
守護
生活僅剩的巧克力味

這城市的新陳代謝
逐漸衰老
多餘的熱量轉化成
First world problems

問題不在於你
在於味蕾
為了緩解乏味
需攝取濃密的記憶

親愛的 Milo
別為拿 B 而慚愧
那證明你
還跳動的一顆童心

'Nutri-Grade：營養級標誌，是新加坡衛生部
（Ministry of Health）與健康促進局（Health
Promotion Board）共同推出的營養分級標識，旨在
幫助消費者識別糖分和飽和脂肪含量較高的飲料。A
級的糖分和飽和脂肪含量限值最低，D 級的糖分和飽
和脂肪含量限值最高。自 2022 年 12 月 30 日起，在
新加坡以包裝形式銷售的飲料必須帶有 Nutri-Grade
標誌。

² Milo：中文音譯為「美祿」，是雀巢（Nestle）公司
生產的一種巧克力味麥芽粉產品，通常與牛奶、熱水
或兩者混合製成飲料。該產品最初由 Thomas Mayne
（1901-1995）於 1934 年在澳大利亞開發。最常見的
銷售形式是裝在綠色罐頭中的粉末，罐頭上通常印有
各種體育活動的圖案。

³ tak kiu：福建方言意為「踢球」，Milo 飲料的另個
稱號。這個暱稱源於最初印在 Milo 罐頭上的足球運
動員圖案。新加坡華人在當地的咖啡店和美食場點
餐時，仍然會使用「tak kiu」來稱呼這廣受歡迎的飲
料。

無望

成功以細胞養殖
一些未來
營養豐富

咦，少了
希望的原汁原味

抱歉，希望這回事與這部門無關
那是天文學的領域
明滅的希望是用望遠鏡細數的
實體的未來則用顯微鏡展望

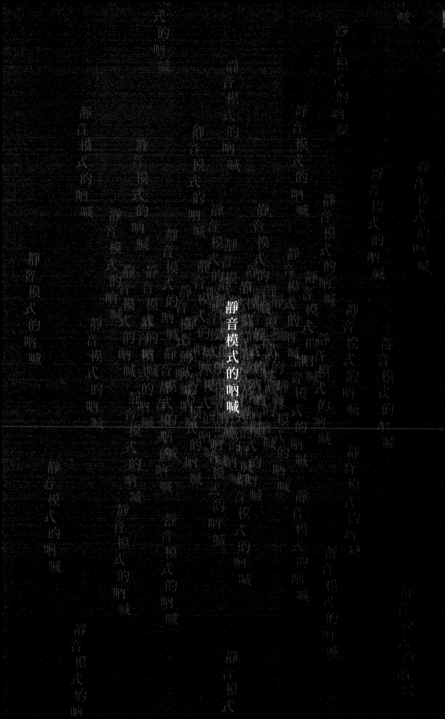

静音模式的呐喊

守衛

——地鐵靠近住宅區，窗外的景色被軌道上的防
噪音鐵板遮蔽。

防噪音鐵板在車廂外
窺聽乘客口沫橫飛
並為怨言，粗話，敏感政治課題
消了音
「為避免病毒通過飛沫傳播，請避免與他人交
談或用手機通話。」
防噪音鐵板嘲笑口罩無能
口罩有苦說不出

X 光機的視錯覺與聽診器的幻聽

X 光機說
人類只是皮包骨
無心無肺的

聽診器反駁說
我聽見人類的心跳和呼吸
他們只是沒骨氣
說出真心話

告示牌 🚫 裡的人振振有詞

我是你與生俱來的罪惡感
犧牲臉面
為你完成最佳的
不良示範

我是剪影
從投訴信剪出來的警告
阻止一罐罐的壞習慣
被亂扔滿地
阻止一顆帶刺的臭脾氣
被帶上地鐵車廂
阻止廚餘飼餵組屋 ¹ 樓下的
飛行的不良嗜好

我是招牌
滿街都是
你介紹給外國人時都點出
I am the fine features

on the face of this city

---

¹ 組屋：新加坡建屋發展局（Housing & Development
Board）所建造的公共房屋。

巴士 Stop 與站

Stop
有人伸手攔巴士
有人按鈴
紅色的「bus stopping」倉促亮起
The bus stopped at
the bus stop
車門快速吞吐一團團人影
吞吐 non-stop

站
座位已滿
巴士站立在
巴士站
一臉嚴肅
排氣管憋臭屁
解放，只能在終點站

計時器與 stopwatch

一個喊「計時，開始！」
一個喊「stop ！」
開始與 stop
排列成巴士時間列表
排列成一座城市對於自己的定義

車窗
承載麻木的都市風景
觀看反覆的人影
叮咚，bus stopping
世界 not stopping
把手機壓在感應器上
連顯示屏也催促我只能
「SimplyGo」[1]

---

[1] SimplyGo：是 新 加 坡 陸 路 交 通 管 理 局（Land Transport Authority）推出的一個票務平台，提供多種電子支付方式，包括易通卡、非接觸式銀行卡、智能型手機、智能型電子錶。它是一個連接銀行帳戶的票務平台，為乘客帶來更多實惠和便利。

軟性三首

軟性抗議

組屋樓下有個販賣機
販賣政治正確
吃了後
玫瑰不長刺
犀牛不長角
人類不長牙齒
最近全島增設更多販賣機
吃不消的發送鍵
開始鋒芒起來

軟性定義

科學收聽著鬼故事 podcast
書卷氣穿好運動裝前往健身房
自卑在 cosplay
只剩我

依賴網絡性格測試
告訴我是誰

軟性競爭

See how you compare with 2002 other applicants
雙黃線在鞭策車輛
一旦停就中 summon [1]

---

[1] Summon：意指傳喚、傳票或罰單。在這裡指交通
違法行為被簽發的罰單，但凡新加坡民眾收到罰單，
都會糅雜中英文稱之為「中 summon」；八九〇年代
前用中文表述時，也音譯作「三萬」。

Data Fields

物聯網是一畝田，適合
種植人類

雲端，不間斷，為此田施肥
栽培依賴

依賴成熟
收割人類

數字們歡呼
豐收！豐收！

我問數字，這些人類的生活
是什麼味道？

數字說
無關緊要

自由

風：你放的風箏很不自由，
都被夾在你僵硬的身體上。

晾衣竿：我所晾出的網卻成功捕捉了
你這過於自由的風。

此刻一隻八哥在未晾乾的衣物上
解放一坨自由
瀟灑飛走

附記：新加坡組屋一般是沒有陽台，晾衣服時需要先
把衣服晾在竹竿上，再把竹竿插進窗外的洞口，室外
晾乾。

理想

溝渠蓋吞下一天的
腳印與輪胎
使命
填補路的千蒼百孔

每晚望著破舊的夜空
無數的星光從洞孔
無助滴漏
恨不得飛上天
把洞也蓋上

咖啡遇貝果 [1]

咖啡遇見貝果之前
貝果還沒熟
咖啡冷掉一半
沒事，放進微波爐
30 秒搞定
這是 App 的威力

---

[1] 咖啡遇貝果：為 Coffee Meets Bagel 中譯，是 2012
年由美國紐約推出的約會與社交網絡應用程序／手機
軟體，旨在幫助用戶尋找匹配的對象。目前，Coffee
Meets Bagel 是新加坡人廣受歡迎的約會交友的應用
之一。

二月十四的午夜

黑
收割孤獨的形骸
與邱比特較量這天的豐收

邱比特：你也太掃興了
黑：我們倆的果實不對立
彼此延伸而已

Class ? Pass

桃花運在地鐵站外攔住我：
我們全新的聯誼配套包括
健身器材
單身男女
費洛蒙
汗
十幾堂約半小時長短
的心動
每月只需百多塊

I'll pass

凍齡

月把
活性炭面膜緩緩撕下
露出膚色如此潔白
浪都想親吻

浪懊惱著
皮層下垂
請教月
關於凍齡的妙訣
月推薦給浪的護膚品
效果欠佳
歲月無法逆轉也無可
包裝

月重新敷上活性炭面膜，退回
美人覺
暴露的年齡，退回
美圖

浪則退回
堆滿塑膠微粒的沙灘上

含羞草

本土似乎寸草不生
幸虧國際化
把異土的草移植到這裡
盼望能百花齊放

土地正在煩惱異土的草
根深不深
異土草跨過去跟本土的含羞草
打招呼握握手
輕輕一握
含羞草把手
握成拳頭

汽水

風暴把自己萎縮成氣泡
融入了水和糖的社會
它們膜拜
一切的和平與愛

天搖地動
水面沸騰，冒出
一粒粒瞬間破滅的句號
是氣泡隨著風的一陣陣問號
逃生而去

暴力傾向

某形容詞有潛在的暴力傾向
與動詞結盟
與名詞理念不合發生爭執
「真」砍殺「心」
「益」挾持「友」
「新」毀容「常態」
「嘉」情緒勒索「年華」

連接詞是和事佬
和解失敗

狀聲詞對此
哭不出笑不出
走入一個句點的靜默

文字潜不進深淵

如果普羅米修斯 [1] 偷的是文字

人類的爭論
惹怒了諸神
宙斯極狠
奪走了文字

他是狐狸的化身
普羅米修斯
鐵紅沸騰的憎恨
鑄成決心，前往奧林匹斯山

山頂一棵
長滿嘴的樹
葉子無存
皆是齒痕
語言肢體、器官
被宙斯撕碎
分別施捨給每一張嘴

普羅米修斯
用舌頭騙倒了山上的那棵樹
花言攜巧語
從他肩上扛到世界

樹到人間
紛紛人煙

新的嘴巴各自尋歡
緊貼於臉
地上啞巴動唇開聲
卻　詞彙雜亂
無章的循環

樹接駁大地的土壤　紮根人間
枝椏是智者預支的聲律
搭救人類在瘟疫中的言說
枯詞　重生

是宙斯消化得失中的另一項交易
是普羅米修斯為祂鋪的台階

後來，普羅米修斯下落不明
聽說　偶爾會有狐狸尾巴
在那一棵樹後　擺動
你若是看見你若是人
看見的便是搖晃的
葳蕤的不朽的
#@x*123

---

[1] 普羅米修斯：古希臘神話中泰坦神族的巨人，名字的含義是「先見之明」。他從眾神那裡盜走火種贈予人類，給人類帶來了光明，也因此觸怒了宙斯而受到處罰。普羅米修斯被綁在高加索山上，每日重複被鷲鷹啄食他的肝臟，後被英雄赫拉克勒斯所救。

強迫症

——致詩人歐筱佩，回應收錄在《罅隙》裡的散文詩〈傾斜的塔〉。

你拍出島的飄浮塔的傾斜，城市的意象就躁動起來。意象與風並行，飄曳，搖擺，顫抖。是城市的模樣嗎？不過是布朗運動的無規則。我不應該迫於糾正歪斜的塔。意象有斜走的自由。世界很歪。

手機拍攝的美學

生活剛步入 0.5 倍的廣角鏡頭
太多焦點堵住視角
擁擠得有些扭曲
笑扭曲成
苦笑奸笑尬笑假笑
樂扭曲成
藥
服用它
依賴它
平衡它的副作用與療效
在皺褶的構圖裡
拿捏好好活著的技巧

按了翻轉按鈕
切換鏡頭
生活是否順利簡化回自拍模式
一個主體
一個誠實的笑

自拍鏡頭素描的只是
快樂的餘像
人賴以生存的幻覺
用以相信
用以捕抓
一閃而過的美麗

生活不斷被切換
人喜愛以這方式
紀錄一切——
獨角自拍自己的嶙峋
廣角直拍世界的氤氳
構成一代人活過的紋理

存在

這時代快速產出
塑料的資訊和字
堆滿神經線，堆滿十字路口，堆滿眼界，堆滿

```
                字          字
     字          字          字
     字          字          字
     字          字          字
     字          字          字
字字字字字字字字字字字字字字字
     字          字          字
     字          字          字
     字          字          字
     字          字          字
     字          字字字字字字
     字
     字
     字字字字字字字字字字字字字
```

塑料垃圾在意識中軟化
變得生物可降解
分解中的字是存在的證據
實現一個

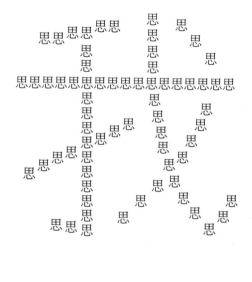

隔夜飯煲成粥

隔一日的冷飯
似早幾廿年的中年危機，
渴望第二次烈火，重生
變形。

什麼叫夠鑊氣？
黏稠的粥水帶有飯焦味，
雙倍的成熟感
變無形。

無形的，是容易消化的生命，
又是失去自己的粒粒分明。
只怕火候不足。
提早熄火的粥，
參雜煮不爛的過去，
未夠綿滑我先老去。

幾點幾點

天空暈眩的色調，懸掛著
獅城六點半的新聞
國人的壽命正追趕八十五歲的里程碑
我用藥來追趕你的清醒
你一臉疑惑
現在幾點？

當你指向牆上的時鐘
時鐘已結了果
時針的利刃正在收割
一點兩點三點……
　　　　一點兩點三點……
　　　　　　　　一點兩點三點……
你數著數著
剩餘的數字來不及被意識接住
凌亂的幾點，幾點，和幾點
撒落滿地，那麼令人著迷
那麼遙不可及

你說那像極了回憶
幾點幾點的
蕩漾在藥物導致的睡意裡

阿輝

無助衰老的夕陽
嘔吐出酒紅色的雲。
蒼白的長廊，倒出消毒酒精
和斷斷續續的
「阿輝」「阿輝」

床角，被她吐出的穩得寧¹藥水
已乾，嚥不下的現實總烙下
紫紅色的印，猶如
胎記，刻在神經末端
和循環播放的
「阿輝」「阿輝」

阿輝是她的誰？
她身旁幫忙餵飯的幫傭不知曉
我借了醫生的手電筒，沿著魚尾紋
進入她深邃眼眸裡，尋找那位
「阿輝」「阿輝」

阿輝在裡頭
正擦亮著一輪一輪的回憶
阿輝說回憶中了毒，需要消毒
消毒酒精卻溶解了回憶的顏色
就連阿輝本人，逐漸淡成
眼淚的透明

---

[1] 穩得寧：英文為 Epilim，是一種含有丙戊酸鈉的藥物，幫助穩定病人的情緒與用於治療及預防腦癇發作。

你在街道上走了又停

潛入時代的大腦
海底撈針
一枚神針，刺破
時間的薄膜
針孔裡有你
和大包小包的鮮菜鮮肉
走過幾條街
走過遮蔽走廊的涼爽
走，又停。在紅綠燈歇息。
再走
走過我的 25 年
像我正在走過你的
日復一日，年復一年。
走，

又停。停在現在
一個沒有你的地圖
我像剛離開萬花筒的瞳孔

質疑現在的真實性
很久
很久

附記： 2023 年 2 月新聞報導，一名想念已逝奶奶的男子，會用谷歌地图街景查看工具（Google Maps Street View）找出奶奶上巴刹（菜市場）買菜的鏡頭，引起網友熱烈迴響。

輕重

今天，時間很輕
我把它拎起
繫在手腕
螺絲大小的方向盤
駕駛著順時鐘的數字

明天，數字很重
時間扛下重任
把未知數
雕刻成一尊一尊石像
現在會把石像命名為回憶
是我移不開的
舊日曆的號碼與標記

未來，時間很輕吧
當回憶風化成碎石
當我忘了生活的數字
是時候了

時間那輕巧的舞步緩緩跳脫
不斷蔓延的地平線

無時間觀念的魚

當一條
深淵裡不識太陽的魚
把沒用的眼睛萎縮成
暗湧和浪
喚起一波又一波的慾望
波動地那漂流又漂流的心臟
一個呼吸吞吐計算季節
一首爵士藍調乾一杯酒
瞌睡融化了晝夜

一條深淵裡的
魚，游進沒按鈕的電梯，沒顯示
這是第幾樓？
往上升，不知
多久
開門——「叮咚，ground floor，別再
逃避。」

浮出夢的水面
魚都窒息

九〇後的孩子三十而惑

醒來的時候
童年早已上班去
時常晚歸
入睡的時候
理想躡足而過
假裝沒存在過

醒來的時候
已是唇齒不清的時代
聽不出我的聲音
而熬夜的城市
繼續嘔吐出白噪音
忘了心跳的存在

醒來的時候
也是未來的時候
年輕人都老齡化
自拍鏡頭紛紛落淚

（千禧世代不解才年輕幾歲的 Z 世代
屬於他們的流行）
生活切分成十多個社媒帳號
用來認可他人的存在

我存在
脫臼的敘述裡
等待舊時的原貌復位
我存在
粉碎的現實中
適應沒有輪廓的日常
我存在
在一抹失憶的存在
穿過的歲數忘了什麼
是我

而我們存在哪？
而我們存在嗎？

在患有過動症的城市裡
一片一片急速流逝的現在
能否串流成
屬於我們年代的 ASMR[1]

---

[1] ASMR：英文為 Autonomous Sensory Meridian Response，中文稱之為「顱內高潮」，或稱自發性知覺高潮反應。ASMR 是一種知覺刺激，指人體通過視、聽、觸、嗅等感知上的刺激，在顱內、頭皮、背部或身體其他部位產生的令人愉悅的獨特刺激感，使人體產生愉悅反應的現象。

浮游生物

我並非進化論的失誤
我是慶幸的
基因沒寫入
存在感，沒寫入
存在的急迫感

我，存在於
一滴水
簡陋的細胞膜，吸收
外界不斷向我擴散的筆墨
代謝後，分泌出
納米小的字
書寫一個世界

你說你是落葉　重疊我身
你也是人類食物的
食物的食物
為陽光為空氣為樹蔭效勞一輩子

臨走前沒帶走一丁點的綠
功能歿了
枯萎了一個世界

這樣算存在嗎？你問
我吸收你的枯燥
分泌我的字
讓一切的存在
不至於結束

醒在一首詩裡

魚，在透明裡游
我的意識，在現實的濁水裡浮沉
我努力抄下現實的脈絡
把筆記揉成思緒
餵著吞吐透明的魚

思緒不夠透明
魚無法消化這黏稠的墨水
把生冷的字句
還給我瞳孔的
黝黑
是夜盲症

白天把我從昨夜拎起
有些腦袋裡的打結一覺醒來就自解
夜盲症追隨白日夢
墨追隨白紙
我追隨每一瞬間——

那年一瞬間
潺潺
瞬間
厥丁賴

跋
有些事，總要有人做 ◎ 蘇俊儀

政瑋是我的學生。二〇〇八那年，萊佛士書院的中一課室裡，他們班那一張張充滿朝氣的稚嫩臉龐，至今仍歷歷在目。細數在島國執教的這些年，對於此地的中文教育感到失望的時刻，恐怕要比歡欣鼓舞的時候更多一些。學生的中文水平每況愈下，期許他們進行文學創作更像是一個遙遠的夢。正如政瑋所說，他們這一代的人更習慣用其他方式，如社交媒體上的短視頻等，來留下自己的足跡。新華文壇出現青黃不接的問題，未來發展令人堪憂。

因此，兩年前當我知悉政瑋出版了他的第一本中文詩集《用白紙做的小孩》（以下簡稱《紙》）時，我的感覺就像是：發現多年前自己有份參與澆灌的幼苗，經過多年成長，終於結出甜美的果實那般欣喜。

政瑋從事醫療工作，業餘寫詩，是名副其實的斜槓青年。雖然他並非文學系出身，但也正因為如此，反而能讓他沒有任何包袱、無拘無束地展開他的詩歌創作。他的詩歌語言質樸清新，意象多元豐富，題材更是天馬行空。也

許因為是理科出身，在政瑋的作品中，能夠感受到極強的實驗精神。在《紙》中，我們已經能看到他嘗試通過圖像、圖表等形式來進行創作，使他的作品充滿新意。在這本《錯視與幻聽》（以下簡稱《錯》）裡，他也延續了這種實驗精神，繼續創作出〈鏡裡的怪獸〉、〈自我的介紹〉、〈借 Beat Saber 打心魔〉、〈強迫症〉等極具巧思的作品。

詩人敻虹說：「不敢入詩的／來入夢」，而政瑋這本《錯》，更像是一位詩人的囈語，在半夢半醒、如夢如幻之間，放膽地讓文字翩翩起舞：中文挾雜著英文、方言、甚至 Emoji，皆自然地從他筆下流瀉而出……

政瑋也有一雙善於觀察的眼睛，我們生活周遭大大小小的事情，都能被他準確地捕捉下來，化成文字。他的作品記錄了島國近年來所發生的點點滴滴，為新華詩壇注入一股清新的活力。政瑋說他害怕他們這一代年輕新加坡人的故事，會在華文詩壇中缺席，但隨著他的作品的出現，我相信我們可以放心地說：新華詩

壇不再是「後繼無人」了。

　　文學創作是一條孤寂的路，而現在的年輕人恐怕更願意選擇喧鬧的社媒。政瑋身為一名九〇後，卻願意選擇 the road less travelled，實屬難能可貴。社媒雖華麗但總歸稍嫌膚淺，詩歌卻是貼近人類靈魂的表現方式。信仰文學的我，更希望政瑋的作品能夠泛起漣漪，繼而有更多島國的年輕人能加入中文詩歌創作的行列，譜寫出屬於他們這一代人的詩和遠方；也期許政瑋能夠筆耕不輟，繼續在新華詩壇上綻放光芒。

　　因為，有些事，總要有人做。

跋者簡介／蘇俊儀，新加坡國立大學中文系榮譽學士，從事中文教育工作廿餘年。

附錄：作品發表日期

体质三篇之憤怒體質
——原載於新加坡《聯合早報》副刊〈文藝城〉，2022 年 12 月 11 日。

体质三篇之自卑體質
——原載於新加坡《聯合早報》副刊〈文藝城〉，2022 年 12 月 11 日。

体质三篇之嫉妒體質
——原載於新加坡《聯合早報》副刊〈文藝城〉，2022 年 12 月 11 日。

遊戲
——原載於台灣《創世紀》詩雜誌第 213 期 2022 年 12 月冬季號，頁 76。

未答
——原載於台灣《火寺 Ra Poetry》電子詩刊第 3 期 2022 年 12 月號，頁 12。

以外
——原載於馬華有聲詩刊《口口詩刊》第 2 期 2023 年，頁 10。

離線地圖
——原載於台灣《火寺 Ra Poetry》電子詩刊第 4 期 2023 年 4 月號，頁 31。

時間網
——原載於新加坡《雨林詩刊》電子詩刊第 7 期 2022 年，頁 10。

骨刺
——原載於新加坡《聯合早報》副刊〈文藝城〉，2023 年 3 月 31 日。

X 光機的視錯覺與聽診器的幻聽
——原載於新加坡《雨林詩刊》電子詩刊第 6 期
2022 年，頁 7。

軟性三首
——原載於新加坡《聯合早報》副刊〈文藝城〉，
2023 年 5 月 12 日。

理想
——原載於台灣《火寺 Ra Poetry》電子詩刊第 4 期
2023 年 4 月號，頁 31。

咖啡遇貝果
——原載於新加坡《聯合早報》副刊〈文藝城〉，
2023 年 2 月 22 日。

汽水
——原載於台灣《火寺 Ra Poetry》電子詩刊第 3 期
2022 年 12 月號，頁 12。

強迫症
——原載於台灣《台客詩刊》第 33 期 2023 年 8 月
號，頁 138。

幾點幾點
——原載於新加坡《雨林詩刊》電子詩刊第 3 期
2023 年，頁 5。

阿輝
——原載於新加坡《新加坡文藝報》第 105 期 2022
年 12 月號，頁 23。

輕重
——原載於新加坡《雨林詩刊》電子詩刊第 3 期
2023 年，頁 5。

新加坡國家圖書館出版品預行編目（CIP）資料

National Library Board, Singapore Cataloguing in Publication Data
Name(s): 伍政瑋.
Title: 錯視與幻聽 / 伍政瑋.
Description: Singapore : 新文潮出版社, 2024. | Text written in traditional Chinese scripts.
Identifier(s): ISBN 978-981-18-9996-6 (Paperback)
Subject(s): LCSH: Chinese poetry--Singapore. | Singaporean poetry (Chinese)--21st century.
Classification: DDC S895.11 --dc23

文學島語 014

錯視與幻聽

作　　　者	伍政瑋	
總　　　編	汪來昇	
責 任 編 輯	歐筱佩	
封 面 設 計	陳文慧　蘇　棋	
排 版 設 計	蘇　棋	
校　　　對	伍政瑋　歐筱佩	
出　　　版	新文潮出版社私人有限公司	
	TrendLit Publishing Private Limited (Singapore)	
電　　　郵	contact@trendlitpublishing.com	
法 律 顧 問	鍾庭輝法律事務所 Chung Ting Fai & Co.	
審 計 顧 問	K K Chua & Co.	

中港台發行　秀威資訊科技股份有限公司

新 馬 發 行　新文潮出版社私人有限公司
地　　　址　37 Tannery Lane, #06-09, Tannery House,
　　　　　　Singapore 347790
電　　　話　(+65) 6980-5638
線 上 書 店　https://www.seabreezebooks.com.sg

出 版 日 期　2024 年 6 月
定　　　價　SGD 21 ／ NTD 300

建 議 分 類　現代詩、新加坡文學、當代文學